I R E N E

TRAGÉDIE.

IRENE

TRAGÉDIE

DE

M. DE VOLTAIRE,

REPRÉSENTÉE pour la premiere fois le 16 Mars 1778 par les Comédiens ordinaires du ROI.

PRIX 36 SOLS.

PARIS.

1779.

PERSONNAGES.

NICÉPHORE, empereur de Conſtantinople.

IRENE, femme de Nicéphore.

ALEXIS Comnène, prince de Grèce.

LÉONCE, père d'Irene.

MEMNON, attaché au prince Alexis.

ZOÉ, ſuivante d'Irene.

GARDES.

*La Scene eſt dans un ſallon de l'ancien palais
de Conſtantin.*

IRENE.

ACTE PREMIER.

SCENE PREMIERE.

IRENE, ZOÉ.

IRENE

Quel changement nouveau, quelle sombre terreur
Ont écarté de nous la cour & l'empereur ?
Au palais des sept tours une garde inconnue
Dans un silence morne étonne ici ma vue.
En un vaste désert on a changé la cour.

Zoé

Aux murs de Constantin trop souvent un beau jour
Est suivi des horreurs du plus funeste orage.
La cour n'est pas long-temps le bruyant assemblage
De tous nos vains plaisirs l'un à l'autre enchaînés :
Trompeurs soulagemens des cœurs infortunés.
De la foule importune il faut qu'on se retire.
Nos états assemblés pour corriger l'empire,

A 3

Pour le perdre peut-être ; & ces fiers Mufulmans,
Ces Scythes vagabonds , debordés dans nos champs,
Mille ennemis cachés , qu'on nous fait craindre encore
Sans doute en ce moment occupent Nicéphore.

I R E N E.

De fes chagrins fecrets qu'il veut diffimuler
Je connais trop la caufe ; elle va m'accabler.
Je fais par quel foupçon fa dureté jaloufe,
Dans fon inquiétude outrage fon époufe :
Il écoute en fecret ces obfcurs impofteurs
D'un efprit défiant déteftables flatteurs,
Trafiquant du menfonge , & de la calomnie,
Et couvrant la vertu de leur ignominie.
Quel emploi pour Céfar , & quels foins douloureux !
Je le plains , & gémis — il fait deux malheureux. —
Ah ! que n'ai-je embraffé cette retraite auftère
Où depuis mon hymen s'eft enfermé mon père !
Il a fui pour jamais l'illufion des cours,
L'efpoir qui nous féduit , qui nous trompe toujours,
La crainte qui nous glace , & la peine cruelle
De fe faire à foi-même une guerre éternelle.
Que ne foulais-je aux pieds ma funefte grandeur !
Je montai fur le trône au faîte du malheur !
Aux yeux des nations victime couronnée,
Je pleure devant toi ma haute deftinée ;
Et je pleure fur-tout un fatal fouvenir
Que mon devoir condamne , & qu'il ne peut bannir.
Ici l'air qu'on refpire empoifonne ma vie.

Z O É.

De Nicéphore au moins la noire jalousie,
Par d'indiscrets éclats, n'a point manifesté
Le sentiment honteux dont il est tourmenté.

I R E N E.

S'il cache par orgueil sa frénésie affreuse,
Dans ce triste palais suis-je moins malheureuse?
Que le suprême rang, toujours trop envié,
Souvent pour notre sexe est digne de pitié!
Le funeste présent de quelques faibles charmes
Nous est bien vendu cher & payé par nos larmes.
Crois qu'il n'est point de jour, peut-être de moment
Dont un tyran cruel ne me fasse un tourment.
Sans objet (tu le sais) sa sombre jalousie,
Souvent mit en péril ma déplorable vie.
J'en ai vu sans pâlir les traits injurieux,
Que ne les ai-je pu cacher à tous les yeux !

Z o É.

Je vous plains : mais enfin contre votre innocence ;
Contre tant de vertus, lui-même est sans puissance.
Je gémis de vous voir nourrir votre douleur.
Que craignés-vous ?

I R E N E.

Le ciel, Alexis, & mon cœur.

Z o É.

Mais Alexis Comnène aux champs de la Tauride
Tout entier à la gloire, au devoir qui le guide,
Sert l'empereur & vous, sans vous inquiéter,
Fidele à ses sermens jusqu'à vous éviter.

A 4

I R E N E.

Je fais que ce héros ne cherche que la gloire :
Je ne faurois m'en plaindre.

Z o é.

Il a par la victoire
Rafermi cet empire ébranlé dès long-temps.

I R E N E.

Je crains d'admirer trop fes exploits éclatans.....
C'était pour Alexis que le ciel me fit naître.
Des antiques Céfars nous avons reçu l'être ;
Et dès notre berceau l'un à l'autre promis,
Nous touchions au moment d'être à jamais unis.
C'eft avec Alexis que je fus élevée :
Ma foi lui fut acquife, & lui fut enlevée,
L'intérêt de l'état, ce prétexte inventé
Pour trahir fa promeffe avec impunité.
Ce fantôme effrayant fubjugua ma famille,
Ma mere à fon orgueil facrifia fa fille.
Du bandeau des Céfars on crut cacher mes pleurs.
On para mes chagrins de l'éclat des grandeurs.
Il me fallut éteindre en ma douleur profonde
Un feu plus cher pour moi, que l'empire du monde,
Au maître de mon cœur il fallut m'arracher.
De moi-même en pleurant j'ofai me détacher,
De la religion le pouvoir invincible
Secourut ma foibleffe en ce combat pénible :
Et de ce grand fecours apprenant à m'armer
Je fis l'affreux ferment de ne jamais aimer.
Je le tiendrai. — Ce mot te fait affez comprendre

A quels déchiremens ce cœur devoit s'attendre.
Mon père à cet orage ayant pu m'expofer
M'aurait par fes vertus appris à l'appaifer.
Il a quitté la cour, il a fui Nicéphore :
Il m'abandonne en proie au monde qu'il abhorre.
Et je n'ai que toi feule à qui je puiffe ouvrir
Ce cœur faible, & bleffé, que rien ne peut guérir. ——
Mais on fort du palais : je vois Memnon paraître.

____

SCENE II.

IRENE, ZOÉ, MEMNON.

IRENE.

EH bien, en liberté puis-je voir votre maître ?
Memnon, puis-je à mon tour être admife aujourd'hui
Parmi les courtifans qu'il approche de lui ?

MEMNON.

Madame j'avouërai qu'il veut à votre vue
Dérober les chagrins de fon ame abattue.
Je ne fuis point compté parmi les courtifans
De fes deffeins fecrets fuperbes confidens :
Du confeil de Céfar on me ferme l'entrée ;
Commandant de fa garde à la porte facrée,
Militaire inconnu de ces maîtres altiers,
Relégué dans mon pôfte ainfi que mes guerriers ;
J'ai feulement appris que le brave Comnène
A quitté dès long-temps les bords du Borifthène.
Qu'il vogue vers Bifance ; & que Céfar troublé
Ecoute en frémiffant fon confeil affemblé.

IRENE.

Alexis dites-vous ?

MEMNON.

Il revole au Bofphore.

IRENE.

Il pourroit à ce point offenfer Nicéphore !
Revenir fans fon ordre !

MEMNON.

On l'affure, & la cour
S'alarme, fe divife, & tremble à fon retour.
C'eft tout ce que m'apprend une rumeur foudaine
Qui fait naître, ou la crainte, où l'efpérance vaine :
Qui va de bouche en bouche armer les factions ;
Et préparer Bifance aux révolutions.
Pour moi, je fais affez quel parti je dois prendre,
Qui doit me commander, & qui je dois défendre.
Je ne confulte point nos miniftres, nos grands,
Leurs intérêts cachés, leurs partis différens ;
J'en croirai feulement mes foldats, & moi-même.
Alexis ma placé, je fuis à lui, je l'aime,
Je le fers, & fur-tout dans ces extrêmités
Memnon fera fidèle au fang dont vous fortez.
Inftruit de vos dangers plein d'un noble courage,
Madame, il ne pouvait différer davantage.
Peut-être j'en dit trop : mais enfin ce retour
Suivra de peu d'inftans la naiffance du jour.
Les momens me font chers ; pardonnez à mon zèle,
Et fouffrez que je vole où mon devoir m'appelle.

SCENE III.

IRENE, ZOÉ.

IRENE.

QUE tout ce qu'il m'a dit vient encor m'agiter !
Pour moi dans ce moment tout est à redouter.
Memnon s'explique assez; ah que vient-il m'apprendre !
Quoi, César alarmé refuse de m'entendre !
Alexis en ces lieux va paraître aujourd'hui ;
Et je vois que Memnon est d'accord avec lui.
Les états convoqués dans Bisance incertaine
Fatiguant dès long-temps la grandeur souveraine
Troublent l'empire entier par leur divisions ;
Tout ce peuple s'enflâme au feu des factions !
Et moi, dans mes devoirs à jamais renfermée,
Sourde aux bruyans éclats d'une ville alarmée,
A mon époux soumise, & cachant ma douleur
Parmi tant de dangers je ne crains que mon cœur !
Peut-être il me prépare un avenir terrible.
Le ciel en le formant la rendu trop sensible.
Si jamais Alexis en ce funeste lieu,
Trahissant les sermens. — Que vois-je juste Dieu !

SCENE IV.

IRENE, ALEXIS, ZOÉ.

ALEXIS.

DAIGNEZ souffrir ma vue, & bannissez vos
craintes.
Je ne m'égare point en d'inutiles plaintes,
J'étais né pour ce trône, où s'assied votre époux,
Et j'ose dire ici que j'étais né pour vous.
Le destin me ravit la grandeur souveraine :
Il m'ôta plus encore, il me ravit Irene :
Mes services peut-être en Orient rendus,
Auroient pû mériter les biens que j'ai perdus.
Mais lorsque sur le trône on plaça Nicéphore,
La gloire en ma faveur ne parlait point encore ;
Et n'ayant pour appui que nos communs ayeux
Je n'avois rien tenté qui dût m'approcher d'eux.
Trébisonde aujourd'hui par mes armes soumise,
Les Scythes repoussés, Artaxate conquise,
Servent du moins d'excuse à ma témérité :
Je reviens à vos pieds, & je me suis flatté
Qu'aujourd'hui sans rougir vous pouviez reconnaître
Dans le sang dont je suis, le sang qui vous fit naître.

IRENE.

Prince que faites-vous ? Dans quel temps, dans quels
lieux
Par ce retour fatal étonnez-vous mes yeux ?

Vous connoiſſez trop bien quel joug m'a captivée ;
La barrière éternelle entre nous élevée ;
Nos devoirs, nos ſermens, & ſur-tout cette loi,
Qui ne vous permet plus de vous montrer à moi.
Pour calmer de Céſar l'injuſte défiance,
Il vous aurait ſuffi, d'éviter ma préſence.
Vous n'avez pas prévu ce que vous haſardez ;
Vous me faites frémir — ſeigneur — vous vous perdez.

A L E X I S.

Quand je tremble pour vous, pourrois-je être coupable?
Ma préſence à Céſar doit être redoutable.
Quoi donc ! ſuis-je à Biſance ? eſt-ce vous que je vois?
Eſt-ce un Sultan jaloux qui vous tient ſous ſes loix?
Etes-vous dans la Grèce une eſclave d'Aſie,
Qu'un deſpote barbare achète en Circaſſie ?
Qu'on enferme en priſon ſous des monſtres cruels
A jamais inviſible au reſte des mortels ?
Céſar a-t-il changé dans ſa ſombre rudeſſe
L'eſprit de l'Occident, & les mœurs de la Grèce ?

I R E N E.

Du jour où Nicéphore ici reçut ma foi,
Vous le ſavez aſſez — tout eſt changé pour moi.

A L E X I S.

Hors, mon cœur, le deſtin le forma pour Irene :
Il brave des Céſars la grandeur ſouveraine :
Il la croit égaler. — Quoi vos derniers ſujets
Vers leur impératrice auront un libre accès !
Tout mortel jouira du bonheur de ſa vue !
Nicéphore à moi ſeul l'aura-t-il défendue ?

Et suis-je un criminel à ses yeux offensés ?
Allez, je le serai plus que vous ne pensez.
J'ai trop été sujet.

I R E N E.

Je suis réduite à l'être ;
Seigneur, souvenez-vous que César est mon maître.

A L E X I S.

Non pour un tel honneur César n'étoit point né ;
Il m'arracha le bien, qui m'était destiné :
Il n'en était pas digne, & le sang des Comnènes
Ne vous fut point transmis pour servir dans ses chaînes :
Qu'il gouverne s'il peut de sa tremblante main
Ces débris malheureux de l'empire romain,
Qu'aux campagnes de Thrace, aux murs de Trébisonde
Transporta Constantin pour le malheur du monde,
Et que j'ai défendu moins pour lui que pour vous ;
Qu'il règne s'il le faut, je n'en suis point jaloux :
Je le suis de vous seule, & jamais mon courage
Ne lui pardonnera votre indigne esclavage.
Vous cachez des malheurs dont vos pleurs sont garands ;
Et les usurpateurs sont toujours des tyrans ;
Mais si le ciel est juste, il se souvient peut-être
Qu'il devait à l'empire un moins indigne maître.

I R E N E.

Trop vains regrets ! Je suis esclave de ma foi. —
Seigneur — je l'ai donnée — elle n'est plus à moi.

A L E X I S.

Ah ! vous me la deviez.

I R E N E.

                    Et c'eſt à vous de croire
Qu'il ne m'eſt pas permis d'en garder la mémoire.
Je fais des vœux pour vous, & vous m'épouvantez.
                    U N G A R D E.
Seigneur, Céſar vous mande.
                    A L E X I S.
                                        au garde.
                Il me verra. — Sortez. —
Oui, je vais lui parler. Une telle entrevue
Ne doit point alarmer votre ame combatue :
Ne craignez rien pour lui. Ne craignez rien de moi.
A ſon ſang comme au mien je fais ce que je doi.
Chère Irene ſoyez tranquille & raſſurée. *(il ſort.)*

I R E N E.

De quel ſaiſiſſement mon ame eſt pénétrée !
Que je ſens à la fois de foibleſſe & d'horreur !
Chaque mot qu'il m'a dit me remplit de terreur.
Que veut-il ? — Va Zoé, commande que ſur l'heure
On parcourre en ſecret cette triſte demeure,
Ces ſept affreuſes tours, qui depuis Conſtantin
Ont vu tant de héros terminer leur deſtin.
Rends-moi compte de tout. Prends pitié de ma crainte.

Z O É.

J'irai, j'obſerverai cette terrible enceinte.
Mais je tremble pour vous. Un maître ſoupçonneux
Vous condamne peut-être, & vous proſcrit tous deux.
Dans ce jour orageux que prétendez-vous faire ?

IRENE.

Garder à mon époux ma foi pure & sincère :
Dompter ma passion si son feu rallumé
Renaissait dans ce cœur autrefois enflammé :
Demeurer de mes sens maîtresse souveraine,
Si la force est possible à la faiblesse humaine ;
Ne point combattre en vain mon devoir & mon sort,
Et ne déshonorer, ni mes jours, ni ma mort.

Fin du premier Acte.

ACTE

ACTE II.

SCENE PREMIERE.

ALEXIS, MEMNON.

MEMNON.

Oui vous êtes mandé ; mais César délibère.
Dans son inquiétude, il consulte, il diffère.
Avec ses vils flatteurs en secret enfermé ,
Le retour d'un héros l'a sans doute alarmé.
Mais nous avons le temps de nous parler encore :
Ce salon qui conduit à ceux de Nicéphore
Mène aussi chez Irene ; & je commande ici.
Sur tous vos conjurés n'ayez aucun souci.
Je les ai disposés ; une vaillante escorte
Du rempart des sept tours ira saisir la porte.
Les autres sont armés sous un habit de paix ;
Et sans donner d'ombrage emplissent ce palais.
Nicéphore vous craint ; mais j'ai sa confiance :
Il se croit assuré de mon obéissance ;
Tout est en sûreté.

ALEXIS.

Rustan, Phédor, Arbas ,
Polémon , sont-ils prêts ?

B

M E M N O N.

Seigneur n'en doutez pas.
Leur troupe jufqu'à vous doit s'ouvrir un paſſage :
Leur amitié, leur zèle, & fur-tout leur courage,
Vaudront pour vous fervir dans ces périls preſſans
Les mercenaires bras payés par les tyrans.

A L E X I S.

Les états aſſemblés foutiendront ma querelle.
Mais le peuple ?

M E M N O N.

Il vous aime ; au trône il vous appelle ;
Sa fougue eſt inconſtante, elle éclate à grand bruit ;
Un inſtant la fait naître, un inſtant la détruit.
J'enflamme cette ardeur, & j'ofe encor vous dire
Que je vous répondrais des cœurs de tout l'empire.
Paraiſſez feulement, mon prince ; & vous ferez
Du fénat, & du peuple, autant de conjurés.
Dans ce palais fanglant, féjour des homicides,
Les révolutions furent toujours rapides :
Vingt fois il a fuffi pour changer tout l'état
De la voix d'un pontife, ou du cri d'un foldat.
Ces révolutions font des coups de tonnerre
Qui dans des jours fereins éclatent fur la terre.
Plus ils font imprévus, moins on peut échapper
A ces feux dévorans, dont on fe fent frapper.
Nous avons vu paſſer ces ombres fugitives
Fantômes d'empereur élevés fur ces rives,
Tombant du haut du trône, en l'éternel oubli ;

Où leur nom d'un moment se perd enseveli.
Il est temps qu'à Bisance on reconnaisse un homme
Digne des vrais Césars, & des beaux jours de Rome.
Bisance offre à vos mains le souverain pouvoir.
Ceux que j'ai vu régner n'ont eu qu'à le vouloir.
Portés dans l'hipodrôme ils n'avaient qu'à paraître
Décorés de la pourpre, & du sceptre d'un maître.
Au temple de Sophie un prêtre les sacrait :
Et Bisance à genoux soudain les adorait.
Ils avaient moins que vous d'amis, & de courage ;
Ils avaient moins de droits ; tentez le même ouvrage :
Recueillez les débris de leurs sceptres brisés.
Vous régnez aujourd'hui, seigneur, si vous l'osez.

ALEXIS.

Moi si je l'oserai ! j'y vole en assurance.
Je mets aux pieds d'Irene & mon cœur & Bisance.
J'ai de l'ambition, & je hais l'empereur —
Mais de ces passions qui dévorent mon cœur,
Irene est la premiere ; elle seule m'anime.
Pour elle seule, ami, j'aurais pu faire un crime :
Mais on n'est point coupable en frappant les tyrans ;
C'est mon trône après tout, mon bien que je reprends :
Il m'enlevait l'empire, il m'ôtait ce que j'aime.

MEMNON.

Je me trompe, seigneur, ou l'empereur lui-même
Doit s'expliquer à vous dans ce lieu retiré.
Y consentirez-vous ?

ALEXIS.
Oui je lui répondrai.

MEMNON.

Déja paraît fa garde, elle m'eſt confiée :
Si de votre ennemi la haine étudiée
A conçu contre vous quelques ſecrets deſſeins ,
Son ordre ne ſauroit paſſer que par mes mains.
Soyez ſûr . . . . mais il vient.

SCENE II.

NICÉPHORE , ALEXIS , MEMNON , les gardes
ſe retirent.

NICÉPHORE.

Prince votre préſence
A jetté dans ma cour un peu de défiance.
Aux bords du Pont-Euxin, vous m'avez bien ſervi.
Mais quand Céſar commande , il doit être obéi.
D'un regard attentif ici l'on vous contemple.
Vous donnez à ce peuple un dangereux exemple.
Vous ne deviez paraître aux murs de Conſtantin
Que ſur un ordre exprès émané de ma main.

ALEXIS.

Je ne le croyais pas. Les états de l'empire
Connaiſſent peu ces loix que vous voulez preſcrire.
Et j'ai pu ſans faillir remplir la volonté
D'un corps auguſte & ſaint , & par vous reſpecté.

NICÉPHORE.

Je le protégerai tant qu'il ſera fidèle.

Craignez de l'imiter : mais lorfqu'il vous rappelle
C'eſt moi qui vous renvoie aux bords du Pont-Euxin.
Sortez dès ce moment des murs de Conſtantin.
Vous n'avez plus d'excufe : & ſi vers le Boſphore
L'aſtre du jour qui luit vous revoyât encore,
Vous n'êtes plus pour moi qu'un ſujet révolté :
Vous ne le ferez pas avec impunité.
Voilà ce que Céfar a prétendu vous dire.

ALEXIS.

Les grands, de qui la voix vous ont donné l'empire,
Qui m'ont fait de l'état le premier après vous,
Seigneur, pourront fléchir ce violent courroux.
Ils connaiſſent mon nom, mon rang, & mon ſervice ;
Et vous-même avec eux vous me rendrez juſtice ;
Vous me laiſſerez vivre entre ces murs facrés
Que, de vos ennemis, mon bras a délivrés.
Vous ne m'ôterez point un droit inviolable
Que la loi de l'état ne ravit qu'au coupable.

NICÉPHORE.

Vous ofez le prétendre ?

ALEXIS.

Un fimple citoyen
L'oferait, le devrait ; & mon droit eſt le fien.

NICÉPHORE.

Ecoutez. Je fuis las d'une telle arrogance.
Pour la derniere fois redoutez ma vengeance.

ALEXIS.

Vous me connaiſſez mal : un cœur tel que le mien
Sait braver la menace, & ne peut craindre rien.

Mes fervices paffés , ma valeur, ma naiffance ,
Pourront me garantir d'une injufte puiffance.
Je ne partirai point.

NICÉPHORE.

Eh bien , c'en eft affez.

(à Memnon.)
Servez l'empire, & moi, vous qui m'obéiffez.
(Il donne un billet à Memnon.)

SCENE III.

ALEXIS, MEMNON.

MEMNON.

IL fe livre à nos coups.

ALEXIS.

Il faut d'abord m'apprendre
Ce que dit ce billet que l'on vient de te rendre.

MEMNON.

Lifez.

ALEXIS. *(après avoir lu.)*
Dans fon confeil l'arrêt était porté.
Je m'attendais fans doute à cette atrocité.
Il fe flattait qu'en maître il condamnait Comnène.
Il a figné ma mort.

MEMNON.

Il a figné la fienne.
D'efclaves entouré , ce tyran ténébreux,
Ce defpote aveuglé , m'a cru lâche comme eux.

Mais achevez , lifez cet ordre impitoyable.

A L E X I S. (*relifant.*)

Plus que je ne penfais Nicéphore eft coupable.
Irene prifonniere ! eft-il bien vrai Memnon ?

M E M N O N.

Le tombeau pour les grands eft près de la prifon.

A L E X I S.

De ce complot fanglant Irene eft-elle inftruite ?

M E M N O N.

Elle en peut foupçonner & la caufe & la fuite.
Le refte eft inconnu.

A L E X I S.

Gardons de l'affliger.

Et fur-tout, cher ami, cachons-lui fon danger.
La conjuration doit être découverte ;
Mais c'eft quand on faura ma victoire, ou ma perte.

M E M N O N.

Du peuple foulevé j'entends déja les cris.

A L E X I S.

Nous n'avons qu'un moment ; je règne, ou je péris.
Le fort en eft jetté, combattons Nicéphore ;
Allons, braves amis, dont mon deftin m'honore ;
Marchons fans balancer.

SCENE IV.

ALEXIS, IRENE.

IRENE.

Ou courez-vous, ô ciel !
Alexis arrêtez : que faites-vous cruel !
Demeurez ; rendez-vous à mes soins légitimes :
Je viens vous épargner des malheurs & des crimes.
Les peuples sont armés ; déja de toutes parts
Le sang des citoyens coule au nom des Céfars :
Il ne m'est plus permis dans ma douleur muette
De dévorer mes pleurs au fond de ma retraite.
Mon père en ce moment, par le peuple excité,
Revient vers ce palais qu'il avait déserté.
Le pontife le fuit, & dans son ministère
Du Dieu que l'on offense atteste la colère.
Ils vous cherchent tous deux dans ces cruels momens.
Seigneur, écoutez-les.

ALEXIS.

Irene, il n'est plus temps ;
La querelle est trop grande, elle est trop engagée,
Je les écouterai quand vous serez vengée.

(Il part avec les soldats.)

SCENE V.

IRENE seule.

IL me fuit ! que deviens-je ? & quel affreux tourment !
Mon époux va périr, ou fraper mon amant !
Je me jette en tes bras, ô Dieu qui m'as fait naître !
Toi qui fit mon deftin, qui me donnas un maître
Conduis mes pas, foutiens cette faible raifon ;
Rends la vie à ce cœur, qui meurt de fon poifon.
Rends la paix à l'empire, auffi bien qu'à moi-même.
Conferve mon époux : commande que je l'aime.
Tu fais tout ; tu peux tout ; les malheureux humains
Sont les vils inftrumens de tes divines mains.
Dans ce défordre affreux veille fur Nicéphore ;
Et quand pour mon époux mon défefpoir t'implore,
Si d'autres fentimens me font encor permis,
Dieu, qui fais pardonner, veille fur Alexis !

SCENE VI.

IRENE, ZOÉ.

ZOÉ.

ILS font aux mains, rentrez.

IRENE.

Et mon père ?

ZOÉ.

Il arrive.

Il fend les flots du peuple ; & la foule craintive,
De femmes, de vieillards, d'enfans, qui dans leurs bras
Pouffent au ciel des cris, que ce ciel n'entend pas.
Le pontife facré par un fecours utile,
Aux bleffés, aux mourans, en vain donne un afyle :
Les vainqueurs acharnés immolent fur l'autel
Les vaincus échappés à ce combat cruel.
Ne vous expofez point à ce peuple en furie :
Je vois tomber Bifance, & périr la patrie
Que nos tremblantes mains ne peuvent relever ;
Mais ne vous perdez pas en voulant la fauver.
Attendez du combat au moins quelque nouvelle.

I R E N E.

Non Zoé, le ciel veut que je tombe avec elle.
Non, je ne dois pas vivre en nos murs embrafés,
Au milieu des tombeaux que mes mains ont creufés.

Fin du fecond Acte.

ACTE III.

SCENE PREMIERE.

IRENE, ZOÉ.

ZOÉ.

NOTRE unique parti , madame, était d'attendre
L'irrévocable arrêt que le destin va rendre.
Un Scythe aurait bien pu dans les rangs des soldats
Appeller les dangers , & chercher le trépas.
Sous le ciel rigoureux de leurs climats sauvages
La dureté des mœurs a produit ces usages.
La nature a pour nous établi d'autres loix.
Soumettons nous au sort , & quel que soit son choix
Résignons nous à lui sans plaintes inutiles.
On attend d'Alexis des jours doux, & tranquilles.
Il règne sur les cœurs, il porte en ce combat
Ce bras, ce même bras , qui défendit l'état.
Le plus grand des secours est dans la voix publique.
Autant qu'elle déteste un pouvoir despotique ;
Autant elle chérit un héros opprimé.
Il vaincra , puisqu'on l'aime.

IRENE.

Eh que sert d'être aimé ?
On est plus malheureux ; & je sens que moi-même

Je crains de rechercher s'il est vrai que je l'aime;
D'interroger mon cœur, & d'oser seulement
Demander du combat quel est l'événement ?
Quel sang a pu couler, quelles sont les victimes ?
Combien dans ce palais j'ai rassemblé de crimes!
Ils sont tous mon ouvrage.

Z o é.

                A vos justes douleurs
Voulez-vous des remords, ajouter les terreurs ?
Votre père a quitté la retraite sacrée,
Où sa triste vertu se cachait ignorée :
C'est pour vous qu'il revoit ces dangereux mortels
Dont il fuyait l'approche à l'ombre des autels.
Il était mort au monde; il rentre pour sa fille
Dans ce même palais, où régna sa famille :
Vous trouverez en lui les consolations
Que le destin refuse à vos afflictions.
Jettez-vous dans ses bras.

I r e n e.

                M'en trouvera-t-il digne ?
Aurais-je mérité que cet effort insigne
Le ramène à sa fille en ce cruel séjour ?
Qu'il affronte pour moi les horreurs de la cour ?

SCENE II.

IRENE, LÉONCE, ZOÉ.

IRENE.

Est-ce vous que je vois ? est-ce vous que j'embrasse ?
O mon père, venez consoler ma disgrace !
Quoi ! vous quittez pour moi le séjour de la paix ?
Helas ! qu'avez vous vu dans celui des forfaits ?

LÉONCE.

Les murs de Constantin sont un champ de carnage.
J'ignore, graces aux cieux, quel étonnant orage,
Quels intérêts de cour, & quelles factions
Ont enfanté soudain ces désolations.
On m'apprend qu'Alexis armé contre son maître
Avec les révoltés avait osé paraître.
L'un dit qu'il a reçu la mort qu'il méritait ;
L'autre que devant lui son empereur fuyait :
On croit César blessé ; le combat dure encore
Des portes des sept tours au canal du Bosphore :
Le tumulte, la mort, le crime est dans ces lieux :
Je viens vous arracher de ces murs odieux.
Si vous avez perdu dans ce combat funeste
Un empire, un époux, que la vertu vous reste.
J'ai trop vu de Césars en ce sanglant séjour
De ce trône avili renversés tour à tour.
Celui de Dieu, ma fille, est seul inébranlable.

IRENE.

On vient mettre le comble à l'horreur qui m'accable,
Et voilà des guerriers qui m'annoncent mon fort.

SCENE III.

IRENE, ZOÉ, LÉONCE, MEMNON, Suite.

MEMNON.

IL n'eſt plus de tyran ; c'en eſt fait, il eſt mort.
Je l'ai vu ; c'eſt en vain qu'étouffant ſa colère,
Et tenant ſous ſes pieds ce fatal adverſaire,
Son vainqueur Alexis a voulu l'épargner :
Les peuples dans ſon ſang brûlaient de ſe baigner.
Madame, Alexis régne, à ſes vœux tout conſpire :
Un inſtant a changé le deſtin de l'empire.
Tandis que la victoire en nos heureux remparts
Relève par ſes mains le trône des Céſars,
Qu'il rappelle la paix, à vos pieds il m'envoie,
Interprête & témoin de la publique joie.
Pardonnez ſi ſa bouche en ce même moment
Ne vous annonce pas ce grand événement :
Si le ſoin d'arrêter le ſang, & le carnage
Loin de vos yeux encore occupe ſon courage :
S'il n'a pu rapporter à vos ſacrés genoux
Des lauriers que ſes mains n'ont cueilli que pour vous.
Je vole à l'hipodrôme, au temple de Sophie ;
Aux états aſſemblés pour ſauver la patrie.

Nous allons tous nommer du saint nom d'empereur
Le vrai héros de Rome, & son libérateur, (*il sort.*)

I R E N E.

Que dois-je faire, ô Dieu !

L É O N C E.

Croire un père, & le suivre.

Dans ce séjour de sang vous ne pouvez plus vivre
Sans vous rendre exécrable à la postérité.
Je sais que Nicéphore eut trop de dureté.
Mais il fut votre époux, respectez sa mémoire :
Les devoirs d'une femme, & surtout votre gloire.
Je ne vous dirai point qu'il n'appartient qu'à vous
De venger par le sang, le sang de votre époux :
Ce n'est qu'un droit barbare, un devoir qui se fonde
Sur les faux préjugés du faux honneur du monde.
Mais c'est un crime affreux qui ne peut s'expier
D'être d'intelligence avec le meurtrier.
Contemplez votre état. D'un côté se présente
Un jeune audacieux, de qui la main sanglante
Vient d'immoler son maître à son ambition.
De l'autre est le devoir, & la religion,
Le véritable honneur, la vertu, Dieu lui-même.
Je ne vous parle point d'un père qui vous aime :
C'est vous que j'en veux croire, écoutez votre cœur.

I R E N E.

J'écoute vos conseils. Ils sont justes seigneur,
Ils sont sacrés ; je sais qu'un respectable usage
Prescrit la solitude à mon fatal veuvage :
Dans votre asyle saint je dois chercher la paix

Qu'en ce palais fanglant je ne connus jamais.

J'ai trop befoin de fuir , & ce monde que j'aime,

Et fon preftige horrible & de me fuir moi-même.

L É O N C E.

Venez donc cher appui de ma caducité ;

Oubliez avec moi tout ce que j'ai quitté :

Croyez qu'il eft encore au fein de la retraite

Des confolations pour une ame inquiète.

J'y trouvai cette paix , que vous cherchiez en vain ;

Je vous y conduirai ; j'en connais le chemin.

Je vais tout préparer , jurez à votre père

Par le Dieu qui m'amène , & dont l'œil vous éclaire,

Que vous accomplirez dans ces triftes remparts

Les devoirs impofés aux veuves des Céfars.

I R E N E.

Ces devoirs , il eft vrai , peuvent fembler auftères ;

Mais s'ils font rigoureux , ils me font néceffaires.

L É O N C E.

Qu'Alexis pour jamais foit oublié de nous.

I R E N E.

Quand je dois l'oublier , pourquoi m'en parlez-vous?

L É O N C E.

Ta douleur m'attendrit : ma fermeté s'étonne ;

Je vois tous tes combats , & je te les pardonne.

Ah ! je n'abufe point ici de mon pouvoir ;

L'inexorable honneur a dicté ton devoir :

Crois-moi ; ne doute pas que le ciel ne permette

Que le calme renaiffe au fein de la retraite :

Le feu des paffions n'a que quelques inftans :

Le

Le preſtige bientôt cède à l'abſence , au temps ;
Et quand l'illuſion eſt enfin diſſipée ,
La paix rentre à jamais dans l'ame détrompée.

I R E N E.

Hélas ! quoique bien loin de pouvoir eſpérer
Cette paix qu'à mon cœur vous oſez aſſurer ,
Je ſais que j'aurais dû vous demander par grace
Ces fers que vous m'offrez , & qu'il faut que j'embraſſe ,
Après l'orage affreux que je viens d'eſſuyer
Dans le port avec vous il faut tout oublier :
J'ai haï ce palais lorſque une cour flatteuſe
M'offrait de vains plaiſirs , & me croyait heureuſe :
Quand il eſt teint de ſang je le dois déteſter.
Eh ! quel regret , ſeigneur , aurois-je à le quitter ?
Dieu me l'a commandé par l'organe d'un père :
Je lui vais obéir ; je vais vous ſatisfaire.
J'en fais entre vos mains un ſerment ſolemnel :
Je deſcends de ce trône , & je marche à l'autel.

L É O N C E.

Adieu , ſouvenez-vous de ce ſerment terrible.

S C É N E I V.

I R E N E , Z O É.

Z O É.

QUEL eſt ce joug nouveau , qu'à votre cœur ſenſible
Un père impoſe encore en ce jour effrayant ?

I R E N E.

Oui je le veux remplir ce rigoureux ferment.

Oui je veux confommer mon fatal facrifice :

Je change de prifon ; je change de fupplice.

Toi, qui toujours préfente à mes tourmens divers

Au trouble de mon cœur, au fardeau de mes fers,

Partageas tant d'ennuis, & de douleurs fecrettes,

Oferas-tu me fuivre au fond de ces retraites

Où mes jours malheureux vont être enfevelis ?

Z o é.

Les miens dans tous les temps vous font affujettis.

Je vois que notre fexe eft né pour l'efclavage.

Sur le trône en tous temps ce fut votre partage.

Ces momens fi brillans, fi courts, & fi trompeurs

Qu'on nommait vos beaux jours, étaient de longs
malheurs :

Souveraine de nom, vous ferviez fous un maître :

Et quand vous êtes libre, & que vous devez l'être,

Le dangereux fardeau de votre dignité

Vous replonge à l'inftant dans la captivité.

Les ufages, les loix, l'opinion publique,

Le devoir, tout vous tient fous un joug tyrannique.

I R E N E.

Je porterai ma chaîne ; il ne m'eft plus permis

D'ofer m'intéreffer aux deftins d'Alexis.

Je ne puis refpirer le même air qu'il refpire :

Qu'il foit à d'autres yeux le fauveur de l'empire,

Qu'on chériffe dans lui le plus grand des Céfars,

Il n'eft qu'un criminel à mes triftes regards.

Il n'eſt qu'un parricide : & mon ame eſt forcée
A chaſſer Alexis de ma triſte penſée,
Si dans la ſolitude où je vais renfermer
Des ſentimens ſecrets trop prompts à m'alarmer,
Je me reſſouvenais qu'Alexis fût aimable,
Qu'il était un héros ; je ſerais trop coupable.
    Va, ma chère Zoé, va preſſer mon départ.
Sauve-moi d'un ſéjour que j'ai quitté trop tard.
Je vais trouver ſoudain le pontife & mon père :
Et je marche ſans crainte au jour pur qui m'éclaire.
Ciel ! (*en voyant Alexis.*)

SCENE V.

ALEXIS, IRENE, ZOÉ. (*Gardes qui ſe retirent après
avoir mis un trophée aux pieds d'Irene.*)

ALEXIS.

JE mets à vos pieds dans ce jour de terreur
Tout ce que je vous dois, un empire & mon cœur.
Je n'ai point diſputé cet empire funeſte.
Il n'était rien ſans vous. La juſtice céleſte
N'en devait dépouiller d'indignes ſouverains
Que pour le rétablir par vos auguſtes mains.
Régnez, puiſque je règne ; & que ce jour commence
Mon bonheur, & le vôtre, & celui de Biſance.

IRENE.

Quel bonheur effroyable ! Ah prince ! oubliez-vous
Que vous êtes couvert du ſang de mon époux ?

ALEXIS.

Ah ! j'avais trop prévu ce reproche terrible.
D'avance il déchirait cette ame trop fenfible.
Entraîné , combattu , partagé tour-à-tour ,
Tremblant ; prefqu'à regret j'ai vaincu pour l'amour.
Oui ! Dieu m'en eft témoin , & je le jure encore :
Toujours dans le combat j'évitais Nicéphore :
Il me cherchait toujours ; & lui feul a forcé
Ce bras dont le deftin , malgré moi , l'a percé.
Ne m'en puniffez pas ; & laiffez-moi vous dire ,
Que pour vous , non pour moi , j'ai reconquis l'empire.
Il eft à vous , madame ; & je n'ai confpiré
Que pour voir fur vos jours mon amour raffuré.
Mais je veux de la terre effacer fa mémoire :
Que fon nom foit perdu dans l'éclat de ma gloire :
Que l'empire romain dans fa félicité ,
Ignore s'il régna , s'il a jamais été.
Je fais que ces grands coups la premiere journée
Font murmurer la Grèce , & l'Afie étonnée :
Il s'éleve foudain des cenfeurs , des rivaux :
Bientôt on s'accoutume à fes maîtres nouveaux :
On adore en tremblant leur puiffance établie :
Qu'on fache gouverner , madame , & tout s'oublie.
Après quelques momens d'une jufte rigueur
Que l'intérêt public exige du vainqueur.
Ramenons les beaux jours d'Augufte & de Livie
Qui régnèrent en paix fur la terre affervie.

IRENE.

Alexis , Alexis ne nous abufons pas.

Les forfaits & la mort ont marché fur nos pas.
Le fang crie, il s'élève, il demande juftice.
Meurtrier de Céfar, fuis-je votre complice ?

ALEXIS.

Ce fang fauvoit le vôtre, & vous m'en puniffez !
Ne fuis-je qu'un coupable à vos yeux offenfés ?
Un defpote jaloux, cruel, impitoyable,
Grace au feul nom d'époux, eft pour vous refpectable ?
Ses jours vous font facrés ? & votre défenfeur
N'était donc qu'un rebelle, & n'eft qu'un raviffeur ?
Contre votre tyran quand j'ofais vous défendre,
A tant d'ingratitude aurais-je dû m'attendre ?

IRENE.

Je n'étais point ingrate. Un jour vous apprendrez
Les malheureux combats de mes fens déchirés.
Vous plaindrez une femme en qui, dès fon enfance,
Son cœur & fes parens formèrent l'efpérance,
De couler de fes ans l'inaltérable cours,
Sous les loix, fous les yeux du héros de nos jours.
Vous faurez qu'il en coûte alors qu'on facrifie
A fes devoirs facrés le bonheur de fa vie.

ALEXIS.

Quoi ! vous pleurez, Irene, & vous m'abandonnez !

IRENE.

A nous fuir pour jamais nous fommes condamnés.

ALEXIS.

Eh ! qui donc nous condamne ? une loi fanatique,
Un refpect infenfé pour un ufage antique,

Embraſſé par un peuple amoureux des erreurs,
Méprifé des Céſars, & fur-tout des vainqueurs !

IRENE.

Nicéphore au tombeau me retient aſſervie.
Et ſa mort nous ſépare encor plus que ſa vie.

ALEXIS.

Chère & fatale Irène, arbitre de mon ſort,
Vous vengez Nicéphore, & me donnez la mort.

IRENE.

Vivez, régnez ſans moi ; rendez heureux l'empire
Le deſtin vous l'ordonne. Il veut qu'un autre expire.

ALEXIS.

Et vous daignez parler avec cette bonté ?
Et vous vous obſtinez à tant de cruauté ?
Que m'offrirait de pis la haine & la colère ?
Serez-vous à vous-même à tout moment contraire ?
Un père, je le vois, vous contraint de me fuir :
A quel autre auriez-vous promis de vous trahir ?

IRENE.

A moi-même, Alexis.

ALEXIS.

Non, je ne le puis croire.
Vous n'avez point cherché cette affreuſe victoire.
Vous ne renoncez point au ſang dont vous ſortez :
A vos ſujets ſoumis ; à vos proſpérités ;
Pour aller enfermer cette tête adorée
Dans le réduit obſcur d'une priſon ſacrée.
Votre père vous trompe ; une imprudente erreur

Après l'avoir féduit, a féduit votre cœur.

C'eft un nouveau tyran, dont la main vous opprime :

Il s'immola lui-même, & vous fait fa victime.

N'a-t-il fui les humains que pour les tourmenter ?

Sort-il de fon tombeau pour nous perfécuter ?

Plus cruel envers vous que Nicéphore même,

Veut-il affaffiner une fille qu'il aime ?

Je cours à lui, madame ; & je ne prétends pas

Qu'il donne contre moi des loix dans mes états.

S'il méprife la cour, & fi fon cœur l'abhorre,

Je ne fouffrirai pas qu'il la gouverne encore.

Et que de fon efprit l'imprudente rigueur

Perfécute fon fang, fon maître, & fon vengeur.

Z o é (qui revient.)

Madame on vous attend. Léonce votre père,

Le miniftre de Dieu qui règne au fanctuaire

Sont prêts à vous conduire avec fécurité

Dans l'afyle facré, par vous-même arrêté.

I R E N E.

C'en eft fait je vous fuis.

A L E X I S.

Et moi je vous dévance.

Je vais de ces ingrats réprimer l'infolence :

M'affurer à leurs yeux du prix de mes travaux :

Et deux fois en un jour vaincre tous mes rivaux.

C 4

SCENE VI.

IRENE feule.

Que vais-je devenir ! comment échapperai-je
Au précipice affreux , au redoutable piége
Où mes pas égarés font conduits malgré moi ?
Mon amant a tué mon époux , & mon roi ;
Et , fur ce corps fanglant , cette main forcenée
Ofe allumer pour moi les flambeaux d'hyménée !
Il veut que cette bouche aux marches de l'autel
Jure à fon meurtrier un amour éternel !
Oui , je l'aimais , ô ciel ! & mon ame égarée
De ce poifon fatal eft encore enivrée.
Que voulez-vous de moi dangereux Alexis ?
Amant que j'abandonne , amant que je chéris
Me forcez-vous au crime ? & voulez encore
Etre plus mon tyran que ne fut Nicéphore ?

Fin du troifieme Acte.

ACTE IV.

SCENE PREMIERE.

IRENE, ZOÉ.

ZOÉ.

QUOI vous n'avez osé, timide, & confondue,
D'un père & d'un amant soutenir l'entrevue ?
Ah ! madame, en secret auriez-vous pu sentir
De ce départ fatal un juste repentir ?

IRENE.

Moi !

ZOÉ.

Souvent le danger dont on bravait l'image
Au moment qu'il approche, étonne le courage :
La nature s'effraie ; & nos secrets penchans
Se relèvent dans nous plus forts, & plus puissans.

IRENE.

Non, je n'ai point changé ; je suis toujours la même :
Je m'abandonne entière à mon père, qui m'aime.
Il est vrai, je n'ai pu dans ce fatal moment,
Soutenir les regards d'un père & d'un amant.
Je ne pouvais parler, tremblante, évanouie
Le jour se refusait à ma vue obscurcie :
Mon sang s'était glacé ; sans force, & sans secours

Je touchais à l'inftant qui finiffait mes jours.
Rendrai-je grace aux mains dont je fuis fecourue ?
Soutiendrai-je la vie, hélas ! qu'on m'a rendue ?
Si Léonce paraît, je fens couler mes pleurs ;
Si je vois Alexis, je frémis, & je meurs ;
Et je voudrais cacher à toute la nature
Mes fentimens, ma crainte, & les maux que j'endure.
Ah ! que fait Alexis ?

Z O É.

Il veut en fouverain
Vous forcer aux autels à recevoir fa main.
A Léonce, au pontife il s'expliquait en maître.
Dans fes emportements j'ai peine à le connaître.
Il ne fouffrira point que vous ofiez jamais
Difpofer de vous-même & fortir du palais.

I R E N E.

Ciel qui lit dans mon cœur, qui vois mon facrifice,
Tu ne fouffriras pas que je fois fa complice !

Z O É.

Que vous êtes en proie à de triftes combats !

I R E N E.

Tu les connais : plains moi ; ne me condamne pas.
Tout ce que peut tenter une faible mortelle
Pour fe punir foi-même, & pour régner fur elle,
Je l'ai fait, tu le fais : je porte encor mes pleurs
Au Dieu dont la bonté change dit-on les cœurs.
Il n'a point exaucé mes plaintes affidues :
Il repouffe mes mains vers fon trône étendues :
Il s'éloigne.

Z O É.

Et pourtant, libre dans vos ennuis,
Vous fuyez un amant.

I R E N E.

Hélas ! si je le puis.

Z O É.

Je vous vois résister au feu qui vous dévore.

I R E N E.

En voulant l'étouffer, l'allumerais-je encore ?

Z O É.

Alexis ne veut vivre, & régner que pour vous.

I R E N E.

Non, jamais Alexis, ne sera mon époux.

Z O É.

Eh bien, si dans la Grèce un usage barbare,
Contraire à ceux de Rome, indignement sépare
Du reste des humains les veuves des Césars ;
Si ce dur préjugé règne dans nos remparts,
Cette loi rigoureuse, est-ce un ordre suprême
Que, du haut de son trône, ait prononcé Dieu même ?
Contre vous de sa foudre a-t-il voulu s'armer ?

I R E N E.

Oui : tu vois quel mortel il me défend d'aimer.

Z O É.

Ainsi, loin du palais où vous fûtes nourrie,
Vous allez, belle Irene, enterrer votre vie ?

I R E N E.

Je ne sais où je vais. Humains, faibles humains,
Réglons-nous notre sort ? est-il entre nos mains ?

SCENE II.

IRENE, ZOÉ, MEMNON.

MEMNON.

J'APPORTE à vos genoux les vœux de cet empire.
Tout le peuple, madame, en ce grand jour n'aspire
Qu'à vous voir réunir par un nœud glorieux
Les restes adorés du sang de vos aïeux.
Confirmez le bonheur que le ciel nous envoie :
Réparez nos malheurs par la publique joie :
Vous verrez à vos pieds le sénat, les états,
Les députés du peuple, & les chefs des soldats
Solliciter, presser cette union chérie,
D'où dépend désormais le bonheur de leur vie.
Assurez les destins de l'empire nouveau,
En donnant des Césars formés d'un sang si beau :
Sur ce vœu général que ma voix vous annonce,
On attend qu'aujourd'hui votre bouche prononce :
Et nul vain préjugé ne doit vous retenir.
Périsse du tyran jusqu'à son souvenir. (*il sort.*)

IRENE.

Eh bien ! tu vois mon sort ! suis-je assez malheureuse.
Ce vain projet rendra ma peine plus affreuse.
De céder à leurs vœux il n'est aucun espoir.

SCENE III.

IRENE, LÉONCE.

LÉONCE.

MA fille, il faut me suivre, & fuir en diligence
Ce séjour odieux fatal à l'innocence.
Cessez de redouter, en marchant sur mes pas,
Les efforts d'un tyran qu'un père ne crains pas.
Contre ces noms fameux d'Auguste, d'invincible,
Un mot au nom du Ciel est une arme terrible :
Et la religion, qui leur commande à tous,
Leur met un frein sacré qu'ils mordent à genoux.
Mon cilice, qu'un prince avec dédain contemple,
L'emporte sur sa pourpre; & lui commande au temple.
Vos honneurs avec moi plus sûrs & plus constans,
Des volages humains, feront indépendans.
Ils n'auront pas besoin de frapper le vulgaire
Par l'éclat emprunté d'une pompe étrangère.
Vous avez trop appris qu'elle est à dédaigner.
C'est loin du trône enfin que vous allez régner.

IRENE.

Je vous l'ai déja dit : sans regret je le quitte.
Le nouveau César vient ; je part, & je l'évite.

(elle sort.)

LÉONCE.

Je ne vous quitte pas.

SCENE IV.

ALEXIS, LÉONCE.

ALEXIS.

C'EN est trop, arrêtez :
Pour la derniere fois père injuste écoutez :
Ecoutez votre maître à qui le sang vous lie ;
Et qui pour votre fille a prodigué sa vie.
Celui qui, d'un tyran, vous à tous délivrés.
Ce vainqueur malheureux, que vous défespérez.
Le souverain sacré des autels de Sophie,
Dont la cabale altière à la vôtre est unie,
Contre moi vous féconde ; & croit impunément
Ravir au nom du ciel Irene à son amant.
Je vous ai tous servis, vous, Irene, & Bisance :
Votre fille en était, la juste récompense :
Le seul prix qu'on devait à mon bras, à ma foi :
Le seul objet enfin qui soit digne de moi.
Mon cœur vous est ouvert, & vous savez si j'aime.
Vous venez m'enlever la moitié de moi-même :
Vous qui dès le berceau nous unissant tous deux
D'une main paternelle aviez formé nos nœuds :
Vous par qui tant de fois elle me fut promise ,
Vous me la refusez lorsque je l'ai conquise !
A trahir ses fermens c'est vous qui la forcez ,
Barbare ! & c'est à moi que vous la raviffez !

Sur cet heureux lien , devenu néceſſaire ,
Injuſtement l'objet d'une rigueur auſtère ,
Sourd à la voix publique , oubliant mon devoir ,
L'amour & l'amitié fondaient tout mon eſpoir.
Ne vous figurez pas que mon cœur s'en détache.
Il faut qu'on me la cède , ou que je vous l'arrache.
Embraſſez un fils tendre , & né pour vous chérir ;
Ou craignez un vengeur armé pour vous punir.

L É O N C E.

Ne ſoyez l'un ni l'autre ; & tachez d'être juſte.
Rapidement porté juſqu'à ce trône auguſte ,
Méritez votre gloire. Ecoutez-moi , ſeigneur :
Je ne puis ni flatter , ni craindre un empereur :
Je n'ai point déſerté ma retraite profonde
Pour livrer mes vieux ans aux intrigues du monde ;
Aux paſſions des grands , à leurs vœux emportés :
Je ne puis qu'annoncer de dures vérités.
Qui ne ſert que ſon Dieu n'en a point d'autre à dire.
Je vous parle en ſon nom comme au nom de l'empire.
Vous êtes aveuglé ; je dois vous découvrir
Le crime , & les dangers où vous voulez courir.
Sachez que ſur la terre il n'eſt point de contrée ,
De nation féroce , & du monde abhorrée ,
De climat ſi ſauvage , où jamais un mortel
D'un pareil ſacrifice osât ſouiller l'autel.
Ecoutez Dieu qui parle , & la terre qui crie :
» *Tes mains à ton monarque ont arraché la vie :*
» *N'épouſe point ſa veuve.* Ou ſi de cette voix
Vous oſez dédaigner les éternelles loix ,

Allez ravir ma fille , & cherchez à lui plaire ;
Teint du fang d'un époux , & de celui d'un père.
Frappez.

A L E X I S.

Moi vous frapper ! Ah ! malgré mon courroux
Ce cœur que vous percez s'eſt attendri ſur vous.
La dureté du vôtre eſt-elle inaltérable ?
Ne verrez-vous dans moi qu'un ennemi coupable !
Et regretterez-vous votre perſécuteur
Pour élever la voix contre un libérateur ?
Oui ! je le ſuis , Léonce ; & perſonne n'ignore
A quelle cruauté ſe porta Nicéphore.
Mon bras à l'innocence a dû ſervir d'appui :
Détrôner le tyran ſans m'armer contre lui :
Tel était mon deſſein , ſa fureur éperdue
A pourſuivi ma vie ; & je l'ai défendue.
Si malgré moi ce fer a pu trancher ſon ſort ;
C'eſt le fruit de ſa rage , & le crime du ſort.
Tendre père d'Irene ! hélas ! ſoyez mon père.
D'un juge ſans pitié quittez le caractère.
Ne ſacrifiez point & votre fille & moi
Aux ſuperſtitions qui vous ſervent de loi :
N'en faites point une arme odieuſe & cruelle ;
Et ne l'enfoncez pas d'une main paternelle
Dans ce cœur malheureux qui veut vous révérer ;
Et que votre vertu ſe plait à déchirer.
Tant de ſévérité n'eſt point dans la nature.
D'un affreux préjugé laiſſez-là l'impoſture :
Ceſſez. . . . . .

LÉONCE.

LÉONCE.

Dans qu'elle erreur votre efprit eft plongé !
La voix de l'univers eft-elle un préjugé ?

ALEXIS.

Vous difputez, Léonce ; & moi je fuis fenfible.

LÉONCE.

Je le fuis comme vous. Le ciel eft inflexible.

ALEXIS.

Vous le faites parler ; vous me forcez cruel ,
A combattre à la fois & mon père & le ciel.
Plus de fang va couler pour cette injufte Irene
Que n'en a répandu l'ambition romaine.
La main qui vous fauva n'a plus qu'à fe venger :
Je détruirai ce temple où l'on m'ofe outrager :
Je briferai l'autel défendu par vous-même ,
Cet autel en tout temps rival du diadême ,
Ce fatal inftrument de tant de paffions ,
Chargé par mes aïeux de l'or des nations ,
Cimenté de leur fang , entouré de rapines.
Vous me verrez , ingrat , fur ces vaftes ruines ,
De l'hymen qu'on réprouve allumer les flambeaux ,
Au milieu des débris du fang & des tombeaux.

LÉONCE.

Voilà donc les horreurs où la grandeur fuprême ,
Alors quelle eft fans frein s'abandonne elle-même ?
Je vous plains de régner.

ALEXIS.

     Je me fuis emporté ,
Je le fens , j'en rougis : mais votre cruauté ,

D

Tranquille en me frappant, barbare avec étude,
Infulte avec plus d'art, & porte un coup plus rude.
Retirez-vous, fuyez.

LÉONCE.

J'attendrai donc, feigneur,
Que l'équité m'appelle & parle à votre cœur.

ALEXIS.

Non, vous n'attendrez point, décidez tout à l'heure
S'il faut que je me venge, ou s'il faut que je meure.

LÉONCE.

Voilà mon fang, vous dis-je ; & je l'offre à vos coups.
Refpectez mon honneur ; il eft plus fort que vous.

(Il fort.)

SCENE V.

ALEXIS feul.

Que Léonce eft heureux ! affis fur le rivage
Il regarde en pitié ce turbulent orage,
Qui de mon trifte règne a commencé le cours.
Sa malheureufe fille empoifonne mes jours.
Sa faibleffe m'immole aux erreurs de fon père,
Aux difcours infenfés d'un aveugle vulgaire.
Ceux en qui j'efpérais font tous mes ennemis :
J'aime, je fuis Céfar, & rien ne m'eft foumis !
Quoi ! je puis fans rougir dans les champs du carnage,
Lorfqu'un Scythe, un Germain fuccombe à mon
    courage :

Sur son corps tout sanglant qu'on apporte à mes yeux
Enlever son épouse à la face des Dieux,
Sans qu'un prêtre, un soldat ose lever la tête:
Aucun n'ose douter du droit de ma conquête:
Et mes concitoyens me défendront d'aimer,
La veuve d'un tyran qui voulut l'opprimer!
Ah! c'est trop en souffrir, persécuteurs d'Irene:
Vous qui des passions ne sentez que la haine!
Laissez-moi mon amour, rien ne peut arracher
De mon cœur éperdu, l'espoir d'un bien si cher.
Malgré le fanatisme, & la haine, & l'envie
Je saurai m'assurer du bonheur de ma vie.

Fin du quatrieme Acte.

ACTE V.

SCENE PREMIERE.

ALEXIS, ZOÉ.

ALEXIS.

EH bien, chère Zoé, que venez-vous m'apprendre?

ZOÉ.

Dans son appartement, gardez-vous de vous rendre:
Léonce & le pontife épouvantent son cœur:
Leur voix sainte & terrible y porte la terreur :
Gémissante à leurs pieds, tremblante, évanouie,
Nos tristes soins à peine ont rappellé sa vie.
Du palais des Céfars ardents à l'arracher
Dans la tombe d'un cloître ils vont enfin cacher
Du reste de la terre Irene abandonnée.
Des veuves des Céfars telle est la destinée.
On ne verrait en vous qu'un tyran furieux;
Un foldat facrilège, un ennemi des cieux;
Si, voulant abolir ces ufages finiftres,
De la religion vous braviez les miniftres.
L'impératrice en pleurs vous conjure à genoux
De ne point écouter un imprudent courroux:
De la laisser remplir ces devoirs déplorables
Que des maîtres facrés jugent inviolables.

ALEXIS.

Des maîtres où je fuis ! j'ai cru n'en avoir plus.
(*Les gardes paroiffent Memnon à leur tête.*)
A moi gardes, venés, mes ordres abfolus
Sont que, de cette enceinte, aucun mortel ne forte :
Qu'on foit armé par-tout, qu'on veille à cette porte :
Allés. On apprendra qui doit donner la loi :
Qui de nous eft Céfar, ou le pontife, ou moi.
Et vous Zoé, rentrez ; avertiffez Irene
Qu'elle eft impératrice, & qu'elle s'en fouvienne.
(*à Memnon.*)
Ami, c'eft avec toi qu'aujourd'hui j'entreprends
De brifer en un jour tous les fers des tyrans.
Nicéphore eft tombé ; chaffons ceux qui nous reftent :
Ces tyrans des efprits que mes chagrins déteftent.
Que le père d'Irene à l'inftant arrêté
Refte dans le palais comme moi refpecté.
Mais que, fans voir fa fille & contraint au filence,
Il ne féduife plus les peuples de Bifance.
Que cet ardent pontife au palais foit gardé.
Un autre plus foumis par mon ordre eft mandé,
Qui fera plus docile à ma voix fouveraine.
Conftantin, Théodofe, en ont trouvé fans peine :
Plus criminels que moi dans ce même féjour,
Les cruels n'avaient pas l'excufe de l'amour.

MEMNON.

Je hais autant que vous ces cenfeurs intraitables,
Dans leur auftérité, toujours inébranlables :

Ennemis de l'état , ardents à tout blâmer :
Tyrans de la nature , incapables d'aimer.

A L E X I S.

A ce poste important , non moins que difficile ,
J'ai pensé mûrement , tu peux être tranquille :
Toi qui lis dans mon cœur , il ne t'est point suspect :
Pour la religion tu connais mon respect :
J'ai fais choix d'un mortel , dont la douce sagesse
Ne mettra dans ses soins l'orgueil ni la rudesse :
Pieux sans fanatisme , & fait pour s'attirer
Les cœurs que son devoir l'oblige d'éclairer :
Quand des ministres saints , tel est le caractère :
La terre est à leurs pieds , les aime & les révère.

M E M N O N.

Les ordres de l'état , avilis , abattus ,
Vont être relevés , seigneur , par vos vertus.
Mais songez que Léonce est le père d'Irene :
Et , quoiqu'il ait voulu la former pour la haine ,
Elle chérit ce père ; & même pour appui
Irene en ce grand jour après vous n'a que lui.
Pardonnez ; mais je crains que cette violence
Ne soit , au cœur d'Irene , une éternelle offense.
Ménagez ses esprits par la crainte égarés.
Vous la voulez fléchir , vous la désespérez.

A L E X I S.

Il est vrai. Mais veux-tu que je laisse auprès d'elle
Un farouche ennemi de ma grandeur nouvelle :
Un stoïque inflexible , un maître impérieux
Qui lui reprochera le pouvoir de ses yeux ?

Qui lui faifant fur-tout un crime de me plaire,
Et tournant à fon gré ce cœur fimple & fincère,
Gouvernant fa faibleffe, & trompant fa candeur,
Saura m'accoutumer à m'avoir en horreur ?
Je veux régner fur elle ainfi que fur Bifance :
La couvrir des rayons de ma toute puiffance :
Et que ce maître altier, qui veut donner la loi
Refpecte enfin fa fille, & la ferve avec moi.
(*Memnon fort & Zoé arrive.*)

SCENE II.

ALEXIS, ZOÉ.

ZOÉ.

Refusant d'écouter un avis falutaire,
Vous offenfez Irene en la privant d'un père.

ALEXIS.

A ce vieillard cruel on va rendre du moins
Ce qu'on lui doit ici de refpects, & de foins.
Et fa fille un moment dérobée à fa vue,
Dès qu'elle aura parlé fera foudain rendue.
Généreufe Zoé, vous favez mes deffeins ;
Et tout ce que j'efpère, & tout ce que je crains.
Je n'ai point ordonné qu'une odieufe fête
Au temple du Bofphore avec éclat s'apprête :
Je n'infulterai point à ces préventions
Que le temps enracine au cœur des nations.
J'ai voulu préparer cet hymen où j'afpire,

D 4

Loin du peuple importun, qu'un vain fpectacle attire.
Vous connaiffez l'autel qu'éleva dans ces lieux
Avec fimplicité la main de mes aïeux :
N'admettant pour garants de la foi qu'on fe donne,
Que deux amis, un prêtre, & le ciel qui pardonne.
C'eft là que, devant Dieu, je veux donner mon cœur.
Eft-il indigne d'elle ? infpire-t-il l'horreur ?
Dites-moi par pitié fi fon ame agitée,
Aux offres que je fais, recule épouvantée :
Si mon empreffement ne peut que l'indigner :
Enfin fi je l'offenfe en la faifant régner.

Z o é.

Ce matin, je l'avoue, en proie à fes alarmes
Votre nom prononcé faifait couler fes larmes :
Mais, depuis le moment où fon père a parlé,
L'œil fixe, le front pâle, & l'efprit accablé,
Elle garde avec nous un farouche filence :
Son cœur ne nous fait plus la trifte confidence
De fes troubles fecrets & de fes déplaifirs :
Ses yeux n'ont plus de pleurs, & fa voix de foupirs.
De quelque grand deffein profondément frappée,
Son ame toute entière en paraît occupée.
A nos empreffemens elle n'a répondu
Que d'un regard mourant, d'un vifage éperdu.
Ne pouvant repouffer de fa fombre penfée
Le douloureux fardeau dont elle eft oppreffée.
Mais, où mon œil me trompe, ou jufqu'en ce féjour,
Je la vois s'avancer par ce fecret détour.

A L E X I S.

C'eſt elle-même , ô ciel !

Z o É.

Elle paraît troublée :
Sa vue à notre aſpect montre une ame accablée :
Elle avance vers vous , mais ſans vous regarder :
Je ne ſais quelle horreur ſemble la poſſéder.

A L E X I S.

Irene eſt-ce bien vous ? Quoi ! loin de me répondre ,
A peine d'un regard elle veut me confondre !

I R E N E. (*Un des ſoldats qui l'accompa-
gne lui approche un fauteuil.*)

Un ſiége. Je ſuccombe. En ces lieux écartés , -
Attendez-moi , ſoldats. Alexis , écoutez.

S C E N E III.

A L E X I S , I R E N E , Z O É.

I R E N E.

JE reviens vous chercher , & n'en fait point d'excuſe.
Sur mon intention je crains peu qu'on m'accuſe :
Et l'on ſaura bientôt ſi j'ai dû vous parler :
D'un reproche aſſez grand je puis vous accabler :
Mais je ſais commander à ma juſte colère.
Teint du ſang d'un époux vous m'enlevez un père ;
Vous cherchez contre vous encore à ſoulever
Cet empire , & ce ciel que vous oſez braver.
Je vois l'emportement de cet affreux délire ,

Avec cette pitié qu'un frénétique infpire ;
Et je ne viens à vous que pour vous retirer
De l'effrayant abyme où je vous vois entrer.
Je plaignais de vos fens l'aveuglement funefte :
On ne peut le guérir. Un feul parti me refte.
Allez trouver mon père ; obtenez fon pardon.
Revenez avec lui. Croyez que la raifon,
Le devoir, l'amitié, l'intérêt qui nous lie,
La voix du fang qui parle à fon ame attendrie,
Rapprocheront trois cœurs qui ne s'accordaient pas.
Un moment peut finir nos malheureux débats.
Allez. Ramenez-moi le vertueux Léonce.
Sur mon fort avec vous je confens qu'il prononce.
Puis-je y compter ?

A L E X I S.

           J'y cours, fans rien examiner.
Ah ! fi j'ofais penfer qu'il pût me pardonner
Je mourrais à vos pieds de l'excès de ma joie :
Je vole aveuglément où votre ordre m'envoie :
Je vais tout reparer : oui, malgré fes rigueurs
Je veux qu'avec ma main fa main féche vos pleurs.
Vous l'avez entendu ; le bonheur où j'afpire,
Fait le bien de l'état, la gloire de l'empire :
Mais du vœu général loin de me prévaloir,
A vous, à mon amour je voulois vous devoir.
Irene, croyez-moi, ma vie eft deftinée
A vous faire oublier cette affreufe journée.
Votre père adouci ne reverra dans moi,
Qu'un fils tendre & foumis, digne de votre foi.

Si trop de fang pour vous fut verfé dans la Trace ;
Mes bienfaits répandus en couvriront la trace :
Si j'offenfai Léonce , il verra tout l'état
Expier avec moi cet indigne attentat.
Vous régnerez tous deux : ma tendreffe n'afpire
Qu'à laiffer dans fes mains les rênes de l'empire.
Oui, mon cœur fe partage entre vous ,
Irene ; & je reviens fon fils , & votre époux.

(il fort.)

I R E N E.

Suivez fes pas, Zoé. Vous qui me futes chère.
Vous le ferez toujours.

S C E N E IV.

I R E N E (fe levant.)

EH bien , que vais-je faire ?
Je ne le verrai plus ! tandis qu'il me parlait ,
Au feul fon de fa voix tout mon cœur s'échappait.
Il te fuit, Alexis. Ah ! fi tant de tendreffe ,
Par de nouveaux fermens attaquait ma faibleffe ,
Cruel ! malgré les miens , malgré le ciel jaloux ,
Malgré mon père & moi tu ferais mon époux.
Qu'as-tu dit , malheureufe ! en quel piège arrêtée ,
Dans quel gouffre d'horreurs ès-tu précipitée ?
Regarde autour de toi ; vois ton mari fanglant ,
Egorgé fous tes yeux des mains de ton amant.

Il était après tout ton maître légitime :
L'image de Dieu même, il devient ta victime !
Vois son fier meurtrier le jour de son trépas,
Elevé sur son trône, & volant dans tes bras !
Et tu l'aimes barbare ! & tu n'as pu le taire !
Dans ce jour effrayant de pompe funéraire
Tu n'attends plus que lui pour étaler l'horreur
De tes crimes secrets consommés dans ton cœur.
Il va joindre à ta main sa main de sang fumante !
Si ton père éperdu devant toi se présente
Sur le corps de ton père il te faudra marcher
Pour voler à l'amant qu'il te vient arracher !
(elle fait quelques pas.)
Nature, honneur, devoir, religion sacrée !
Vous me parlez encore ; & mon ame enivrée
Suspend à votre voix ses vœux irrésolus !
(elle revient.)
Si mon amant paraît je ne vous entends plus.
Dieu que je veux servir ! Dieu puissant que j'outrage !
Pourquoi m'as-tu livrée à ce cruel orage !
Contre un faible roseau pourquoi veux-tu t'armer ?
Qu'ai-je fait ? tu le sais, tout mon crime est d'aimer.
(elle se rassied.)
Malgré mon repentir, malgré ta loi suprême,
Tu vois que mon amant l'emporte sur toi-même.
Il règne, il t'a vaincu dans mes sens obscurcis.
(elle se relève.)
Eh bien ! voilà mon cœur ; c'est là qu'est Alexis.
(elle tire un poignard.)

Je te venge de lui. Je te le facrifie.
Je n'y puis renoncer qu'en m'arrachant la vie.
(*elle fe frappe, & tombe fur un fauteuil.*)

SCENE DERNIERE.

IRENE mourante, ALEXIS, LÉONCE.

ALEXIS.

JE vous ramène un père ; & je me fuis flatté,
Que nous pourrions fléchir fa dure auftérité.
Que fa juftice enfin, me jugeant moins coupable,
Daignerait. Jufte Dieu ! quel fpectacle effroyable !
Irene ! chère Irene !

LÉONCE.

O ma fille ! ô fureur !

ALEXIS (*fe jettant à fes genoux.*)
Quel démon t'infpirait ?

IRENE. (*à Alexis.*)   (*à Léonce.*)
Mon amour, votre honneur.
J'adorais Alexis, & je m'en fuis punie.
(*Alexis veut fe tuer, Memnon l'arrête.*)

LÉONCE.

Ah ! mon zèle funefte eut trop de barbarie.

IRENE (*leur tendant les mains.*)
Souvenez-vous de moi.... plaignez tous deux mon
fort.
Ciel ! prends foin d'Alexis : & pardonne ma mort.

A L E X I S *(à genoux d'un côté.)*

Irene ! Irene ! ah Dieu !

L É O N C E *(de l'autre côté à genoux.)*

Déplorable victime !

I R E N E.

Pardonne Dieu clément ; ma mort est-elle un crime?

F I N.

www.ingramcontent.com/pod-product-compliance
Ingram Content Group UK Ltd.
Pitfield, Milton Keynes, MK11 3LW, UK
UKHW021459090726
13657UKWH00003B/1413